HI NO TANE

火ノ種

こが櫟
KOGA KUNUGI

人は人の為には泣けない
人が死に人が泣くのは
死なれた自分が
可哀相だからである

火ノ種＊目次

目次

「冬に置き去りにした記憶」

何人の人がここから
下を見下ろしたのだろう
きみは確かそう言った
ここは病院の屋上
みんなここから
何を見て何に自分を重ねてたのだろう
ぼくはそんな言葉を吐いた
コートを身に纏《まと》い
大勢の人を見た
幸と不幸
救急車の横で退院する人もいた
きみは時々泣いた

ぼくはどうしようもなく雲を目で追った
袖口からの冷気が肌を刺し笑った

それからの二年は確実に
ぼくは剝《は》がし貼りつけ作り変えた
でもぼくは今でも隠れて空を仰いでいる
きみの匂いも口癖も忘れてはいるけれど
見えてくるんだ
きみは俯《うつむ》いていて
ぼくはフェンスに手を掛けていて

「猿のサラダ・バー」

今日はどうでもいい日だった
くしゃくしゃの頭によれよれのシャツが
似合っていて寝ぼけた顔でいつもの喫茶店
本を読むだけで相席の女子高生からも無視
時代に締め出されたぼくは
仲間外れも気にしない　気にしない
鼻の穴に指を入れたままページを捲《めく》る
ところが読書を邪魔する声が聞こえてきたんだ
コーヒーのお代わりを持ってきた店員の娘
親しげな表情にそう言えば一週間は
人と口をきいてなかったなと思う

小話の間に背筋を伸ばした
本も仕方なく閉じる

今日はどうでもいい日だった
なのに洗面所で寝癖を直すなんて
なんか心外　ぼくらしくない
それでもちょっと元気になったぼくはただの猿だろう

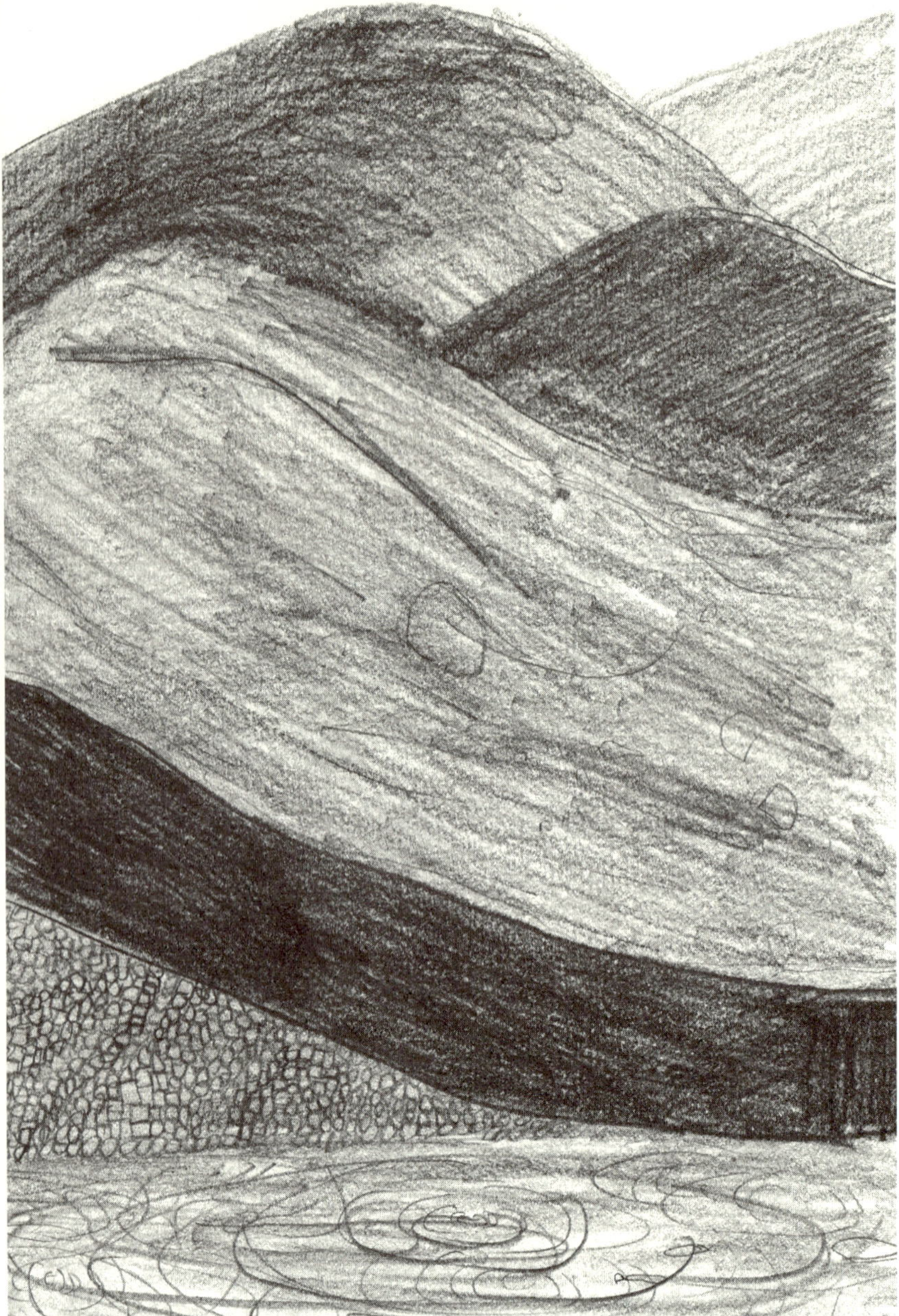

「知り得た風の真実」

新聞を広げない日々が続いた
ぼくは知っている
今日の悩みで今日が一杯なのを
両手の指を上手に使って
数えてみたところで
まだ知らないきみを想像したところで
今日は何もなさそうだ

真っ赤な手は熱を持て余している
揺れる大きな風は
ぼくの全身に容赦《ようしゃ》なく吹きつけて
多分ぼくも気付かないうちに

あの子への恋心も流してしまった
ぼくはただ横たわったままで

ぼくは知っている
恋をするだろう相手を
そして終わってしまえば
その唇は色を変え　まるで別人のように動き
互いを傷《いた》めることを
済んだことを放っておけない若者が
大地の砂を掬《すく》い取っている
風下で誰かの匂いを嗅いでいる

「雨を理由に夢を見る」

ぼくからの呼び出しに
黙って頷《うなず》いてくれる
今日は天気が不思議だから
ぼくもきみも騙《だま》されてばかり
借りたままの傘を今日も忘れた
「神様！　正しくぼくらは相合傘」

きみが変わらないのなら
きっとぼくも変わらずいけると思う
頑固なきみは何度言っても
首を振っていた

本当のきみが本当のぼくを知るとき
確かに何かは起きるとしても

喋《しゃべ》っていたら雨は強くなるばかり
傘を理由にしてそのままどこかに
ふけてしまいたくなった
ぼくが真剣に説得したら
きみは来てくれるだろうか
何もないがらんどうな世界には
ぼくしかいないけれど

「骨髄と絡《から》み合った悪魔」

途中から横入りして来るな
逃げるつもりでも血が滾《たぎ》れば応戦してしまう
刃とか斧なんて良いもの使わなくても
お前を吊るし上げてやる
ぼくは純文学を逸脱した殺人者

「またうなされてた」
そんな風にきみはぼくという残骸を見下ろす
急に視界が開けた気がする
「今日は特にひどかった」
夢の中でぼくは人を殺してばかりいた
きみは笑ってるだけで枕カバーを替えている

慰めないのは慰めようがないからでしょう
きみは優しい　誰に当たればいいの

明日はいい夢を見ようと
これからの一日をどう充実させるか考えあぐね
何も見たくないからと睡眠薬に手を伸ばした
安らぎは簡単じゃない
そう　簡単じゃないんだ

「留守電の通録について」

一人で漂流している気がした
通り過ぎるヘリコプターの姿に
ぎりぎりの神経
大声で叫び手を力いっぱい振った
しかし気付くことなく去っていく
不器用なぼくは助かる術《すべ》も思い付かず
ボートを降りて泳ぎ出す
携帯電話を命綱に何の当てもないまま
やがて意味のない電話を捨てた
一人分の影は簡単に闇に繫《つな》がる
珊瑚も魚も闇に食われた
必死の交信も蚊が邪魔をして駄目になる

シャツに滲《にじ》んだ汗と溜まった疲れは比例する
空や水に全身をさらせば
自分の身体がどこまでか分からなくなった
そんな爽快のなかでも
現実に引き戻される瞬間がある
室内に点滅する光
電話機はきみからの言葉をしっかりと蓄えて
ぼくの帰りを待っていた

「光が描く生活」

シャワーを浴びたぼくの尻を
じりじりと焦がす無神経な光
タオルを巻いて追っ払う
それから受話器を持って
好きだ好きだ好きだ好きだ
なんて悪戯《いたずら》電話に心が歪《ゆが》む
それでもあー恋しいきみの声
荒い傷跡をぼくの耳に残していく

メラニン色素は紫外線を吸収してくれても
きみの一挙一動に一喜一憂する
この一日を休ませてはくれない

きっと半分は諦めてて
コバルト文庫の世界だけど
シャワーを浴びたぼくの尻を
じりじりと焦がす無神経な光
きみはいつになったら
ぼくを解放するんだろう?
どちらにしても
きみはぼくを絞《し》めるんだろう?

「水面を泳ぐ夢」

一瞬迷っても結局は同じことで
その味に心奪われる
誠実な人の美しい反抗は
人々に勇気を与える
いつも反抗をする諦められたぼくは
反対してくれる人がいない

夢を見た　夢見た
何も知らずぼくを一から叱ってくれる人を
夢を見た　夢見た
固まった頭を優しくほぐしてくれる
十本の指の花

何故いつも暗いことばかり書くのでしょう
いくら明るく振舞っていても
それではバレバレだ
ぼくの深いところまで光が照らすことは
ないのかもしれない
そっと掬《すく》い上げられても眩《まぶ》しさに面食らって
自ら深海に戻ってしまう
救いようがないんだ

「細かく」

彼女がいなくなってから
実家にはめったに帰らなくなって
味噌汁の湯気が頬に当たると
先に胃袋が反応した
ぼくの部屋はもうないけど
かつて学習机があった場所で寝る
絵の具の汚れを指でなぞり
いつも思い出し笑える
隠していた絵の具の染みは
四日後にばれるというのに
精一杯の抵抗
洗剤で拡大させたっけ

このままどこまでもぼくは大きくなる
なのに笑い話にならない彼女は
まだまだぼくを乱すんだ
同じ床に破り捨てた手紙が
数年ぶりに目の前をひらひらと舞う
細かく破ったから
鮮明に思い出せるみたいで
細かく破ろうとした想いが
そうさせるのだろうか
その破片はどんなに細かくても
なくなることはないんだ

「太陽のインク」

太陽の方向に顔を向けた
目を閉じていても
赤や黄色は弾けて飛び出す
ぼくは静かに光の涙を流した

小さな頃白人女性の歌を
テープが伸びるほど聴いていた
その歌を口ずさむと空腹が癒《いや》された
家族旅行のビデオのラベルに
「最後」と書いた

意地を張るだけで精一杯だったぼく
そしてその文字は現実となった
あのまま　あのままずっと
車は走り続ければ良かったのに

西日に　友達の呼び声に　走って行くと
ぴちゃぴちゃと光の色が
ズボンに跳《は》ねていた

「垣根越しの視線」

ダンボールにレコードを詰める
どこで買ったものだろう
眺めるだけで時間が経つ
画材道具に書きかけの対象物
全てまとめてゴミに出した
朝の空気にトラックの姿
何もないぼくの部屋は見るに堪《た》えない
しかし、そこには刻まれた感情がある
全てのものは跡形なく消す必要も
跡形なく消せる可能性もないんだ

幼い頃何度も級友を見送った
庭の垣根越しの視線は
まぎれもなくぼくだった
寂しそうな視線に気付いても
ぼくは決して振り返らなかった

「旅行願望」

眺め尽くした車窓からの風景
毎日見てれば誰でも思う
「どこか行きたい」
ぼくはぼくの肩書きに
少し忠実過ぎたように思えるんだ
右から左へ朽《く》ち果てた鉄の工場
ぼくもそうなる前に

研《と》がなかった米
掃かなかったベランダ
要はこの部屋から
抜け出したいだけなのか

ぼくがいなくても
どうせここは変わらない

昔夢中になった夏祭りの露店
赤色の金魚が　今は灰色の鳩となって
ぼくの前で啄《ついば》んでいる
知らない酔っ払いに絡まれて
一緒にピーナッツを撒《ま》かされた
動かない日常に腹が立った
そんなものかと思い
少し安心した自分が隅にいた

「毒入りフィッシュ」

「あなたの今度の役
小公女、捨てられた少女よ」
座長の言葉に口元が緩《ゆる》む私
癖のある泣き方を覚え
観客の同情を操った
どうしようもない技術
でも確かに必要なもの

情の中で泳ぐ私
大きな尾びれを振って
狙った獲物の口の中へ

まるで毒入りの果実
知らなければ良かったもの
知らなければ良かった人
知らなければそれなりの人生はあった
陳腐な台詞《せりふ》
あなたの言うことはいつも当たるかしら
怖がらずに近付けば
そこには真実が
大きな口を開けている

「空白の罪」

ぼくは体を繋《つな》いでいる間だけ
夢を見る
舵《かじ》のとれないぼくの心は
方向も分からず闇雲に
知らない世界を開いてしまう
この刹那《せつな》がぼくを焦らせる
この刹那はぼくを甘やかす
強くなれないだけ
多くの関係を欲し抱き続ける
終わりが来ることを知っていれば
何にも畏《おそ》れず行けるのに
けだるい性行為の白ける瞬間

射精に体が震えている
これは無駄なのかは分からない
ただぼくは体を繋ぐ
あたかも誰かに指示された
義務とでもいうように
操られたピエロのように

「償い」

ぼくは本当に出来損ないだったから
あなたの言葉に息苦しくなった
今でも時に言われたりして
心臓が震えるのをあなたには
悟られないように苦労してる
あの頃の情景に必要な小道具を
いくら集めてみても
どうして一度壊れたものは
元の形に戻らないんだろう
あなたがつくったあなたの世界なのに
あなたには悪いことをしたから
悔しくて悔しくて

ぼくの暴力的な大きな手が目に浮かぶと
なぜかぼくが泣いてしまって
手が付けられない
一人で目をぎゅっと瞑《つむ》り
涙を止めるんだ
ぼくはあなたから許されても
自分からは許されることはない
どこか歪《ゆが》んだ感じだけど
それでも償いとは違う形で　違う想いで
あなたに接してゆくよ

「エール」

いい夢は忘れるものだ
枕を持って少し考えていた
諦めたら今日が始まってしまう
いつもこんな風に諦めてしまうんだ
平凡がコーヒーに溶けた

自信のない振りに馴れてきたんだろう
服に包まれたぼくの身体は空っぽだ
沢山の表情を置いてきてしまった
やがてぼくは学び出す
無理してつくる笑顔の歪《ゆが》みを

そのことを誰が察してくれるだろうか
帰れば布団に抱き付いて
疲れを注ぎ込むだけ
もうぼくは知らない振りは出来ない

それでも出会うべき人には出会ってきた
蓄積されたものは確かにぼくを形作っている
ぼくは手元に残った宝物と
もがくことを始めたんだ

「振り子」

掃除をすれば家具の位置は微妙に変わる
だからあなたのことは整理したくないんだ
愛し方が変わるのが怖いんだ
だから触れないようにそっと過ごしていた

しかし暗闇にいれば
誰でも音や光を探す
見るなと言われれば見たくなる
ぼくはもっと抱きしめたいんだ
だけど身体は動かない
矛盾している心の中を行き来している

熟せば熟すほど危ない果実
ぼくは決められないまま
振り子のように行ったり来たり
情熱に火が点《つ》くまであと少し

「平安を求める理屈」

秋味した魚の脂身
確かな季節が唄ってる
ぼくがぼくという人間である限り
場所を違えど
同じように好かれ嫌われる

そうさ　いつもそうなのさ
連鎖を断ち切ることは意味を持たない
皆はぼくを白い目で追った

今の時代に生まれたことは後悔してる
ぼくは早く生まれ過ぎた

ぼくにしっくりこない皆さんのクエスチョンには
その場限りで言い繕《つくろ》うことしか出来ないよ

もう少しだけ時間をください

きみに思いが通じればぼくは幸せだったけど
伝わらなかったきみは
ぼくの思う人ではなかった
だから悲しくはないのさ
きみは本当に良い人だったけどね

「表情」

急いで廊下を走り去ったとき
ぼくはもう幼い会話の似合わない
顔つきだった
校庭の少女が手を振ろうとした
それを目で殺した

ぼくの中の少年と大人の間に
線を引くことはできない
世間をなめた態度は
ぼくからは消えないし
大袈裟《おおげさ》に捉《とら》える癖は変わらない

実はぼくは言い放った道を
最後まで走りきれずに横道に逸《そ》れたことを
きみは知っていたんだろう
人々の目がぼくを無理矢理大人にした

もしもこの先もう一度話すときが来たら
会話なんていいから
この顔を見てくれ
浮き沈みを映したこの表情を

「水滴の音に耳立てる」

ここにぼくがいる必要はあるのだろうか?
もう誰も手を振ってくれないような
部屋に籠もった三日間
外界からの遮断
誰にも会いたくない　会えない
ぼくを舐《な》めまわした挙句
吐き出したあなた達
どうして噛み殺さなかったの

香水の量が徐々に減っていく
周りを気にしているから匂わすのでしょう

もっとあなた達に好かれたくて
力抜いて横たわれば
これっぽっちの存在
簡単に頭からなくなってしまう
それがどうしても　どうしても嫌で
憎しみであっても残って欲しい

心の残り火はぼくの身体から
少しずつ弱くなっていく
ぼくは泣きつかれ眠った
明日を信じて眠った

「そして」

会話が途切れてからの
沈黙を破って外へ出る
ぼくたちがあらゆる意味で
弱々しかったとき
そんなことの一つ一つが苦しかった
それからはずっとぼくだけが
先を歩く感触で
徐々によそよそしくなっていくことは
免《まぬが》れなかった
前へ歩くことはきみと離れることだった

それから太陽のない日が
繰り返された
輝きはきみの中に突然訪れた
掠《かす》れそうな二人を描いていた線は
力強く描き直された
ありふれた生活ではなかった
でも不馴れな幸福は
舞い降りたばかりだった

「爪楊枝」

花の名前すら　ろくに知らないぼくは
ある日庭を造ろうとした
買ったばかりのスコップで
肥えてない土を突き刺した
大地が蘇《よみがえ》るようだ
一応の形を造ることすら大変だった
眠っている種子や球根を
水をかけて起こした
あの庭はどうなったんだろう
植物はあんまりゆっくりしているから
先にぼくが咲いてしまった
二度とその庭に入れなくなった

先が読めないから
人生面白いんだろうけど
もしこうなるのならぼくは造らなかった
どこか頭に引っ掛かる
そんなものは造らなかった

「もっと器用になりたい」

ユリ先生は紙芝居が上手な人
鳩の真似は難しいのに
クックドゥール、ルー
口を尖《とが》らせて
クックドゥール、ルー

きみはよく座り込んで
ぼくに電話してきたよね
きみは不自由を嘆いていた
ぼくはきみが恐いものを
話の影からわかっていた
でも一回躊躇《ちゅうちょ》すると
もう踏み込めなかった
ぼくがもっと器用な人間で
うまくことを動かせたら
助けることだってできたんだ
後悔は人一倍得意なもので

ユリ先生は紙芝居が上手な人
鳩の真似は難しいのに
クックドゥール、ルー
口を尖らせて
クックドゥール、ルー

「停止、再生」

とても嫌な感じ
外では雨が滴《したた》り落ちている
朝とも昼とも夜ともとれない気配
今はこの雰囲気にのまれようか
身を硬くして　のまれまいか試している
寒くもないのに布団を厚く重ねた
混沌《こんとん》とした世界への入り口

愛想も途切れて
ロン毛の冗談を無視した
ぼくはそこまでしてあげない

すぐにでも部屋に帰りたいけど
仕方なく歌うのさ　声張り上げて
ちっとも面白くない
ちっとも面白くない
あの娘《こ》の歌声を想像しながら
明後日の方向を見ていた

ギターの埃《ほこり》を払うと
久しぶりに触った
一心不乱に弾いていたら
少し堕落の意味が解った
つぎのドラマは目前にあるんだね

「ゆめばなし」

周りを囲む愛する面々なのに
もう誰と話したのか覚えてない
会話が終わった瞬間から始まる
静寂の世界でただ頭を掻《か》き毟《むし》る
金を出して買った物だけが
手元に現実として存在するだけで
後はぼく次第で忘れていく

ねえどうして　こんなに幸せなのに
弁当を食う気がしない？
市販のパッケージを開ける音が
耳に痛く響く

夜遅く遊び疲れて帰ってくると
楽しかった分の反動が身に沁《し》みる

ぼくはいつからやりたいことが
やれるだろうか

生きている実感を
こんな夢話から得ようとするのは
何もぼくだけじゃないだろう
その続きを創る度に
こうじゃなかったと後悔することも
決して無意味ではないだろう

「白い波紋」

素晴らしい知らせを
今日こそは持って帰ってくるよ
晩飯がうまくなるようにね
だからこっち向いてよ
いってらっしゃい　て言ってよ

傷の上にパウダー
眼の下にクリーム
疲れた心にさえ化粧して
帰途につく
きみをこれ以上悲しませない
それがぼくの法律

素晴らしいことがあったよ
ぼくが選ばれたんだ
あの娘《こ》が優しくしてくれたよ
どうして笑わないの
ぼくはこんなにきみを
愛しているのに
きみはまるで…

「壊れたベイビ」

淋しがり屋は壊れ方を知らなかった
風の避《よ》け方は人それぞれだけど
迂闊《うかつ》に何かしようものなら
取り返しがつかない気がして
生まれ持った臆病虫は
どうにも抜けきらないよ
ぼくを執拗《しつよう》に追い回す　きみはもう…
尋常じゃない
ニュースキャスターより
その報道について知っているということは
情報に振り回される人々より
遥《はる》かに他人事《ひとごと》じゃない

テレビに現実と夢を重ね合わせたりして
暴言を吐かれることに慣れるなんて
物語は終わりが見えたとき一層切なく…
机に突っ伏して　ぼくの作った紙吹雪　明日を占え
いつも同じ事で傷付いている
ぼくは壊れたベイビを抱えている
蹴ってもちょん切っても
強く逞《たくま》しいベイビに
たまに不謹慎に感心する
何回もさよならしたベイビに
今一度さよならを告げる夜

「思考こそ守るべきもの」

何か見えかけていたのに
衝動で壊した顕微鏡は
埃《ほこり》を被って寝ている
口をつく諦めた夢はもういらない
違う夢を追うことで
ぼくは割り切ってしまった
きみもそうじゃないのか
ぼくは非難され育った

探しているものは虫食いパズルだった
一斉に飛び立つ鳥の翼は力強く
謎を追いかける過程自体に
ぼくは解答の輪郭を見ていた
ぼくは生き甲斐を手に入れようと
今も必死なんだ

「うたた寝」

干したままの洗濯物に今日の雨が落ちた
取り込まないまま日も落ちた
余裕を持ってきみといたぼくは
追い詰められたことに気付く訳もなく
灰色の水がシャツに染み込むよう
徐々に駄目になっていく

鏡のように指先だけで触れ合った
互いが相手に合わせることに
疲れを感じたら
鏡を覗くことが楽しみでなくなったら
割っていくしかない

雲間からの日差しで
服がゆっくりと乾いていく
水蒸気が上がっていく
ぼくはその横でうたた寝していた
起きたら鏡もきみもいなかった

「最後の一人」

子供のように楽しんで　楽しんで
嵐の中でも何も分からず笑っているような
でも　そのときの波は強かったんだ
黒々とぼくを包み　海へと葬り去ろうとしていた
ぼくはそこで初めて事態の深刻さに気付く
鈍い性格さ
馬鹿で馬鹿で　どうしようもない性格さ

乾いた骨の音がする
きっと助かったんだろう
でも生き延びたことが良かったのか

誰もいなかった
誰もいない海岸で一人泣きじゃくる
そうすると声が聞こえた
ぼくを呼んでいる　海の方から
ぼくには確かに聞こえる
そしてぼくは孤独に負けて
間違った判断を下してしまった
ぼくは必死で這《は》い上がった崖を
巻き戻されるように飛び降りた

「いかり」

大衆の声が徐々に聞こえなくなってくる
ぼくは目を閉じて暗闇に向かう
あんたはぼくの漠然とした物言いが嫌いだろう
歩幅の違いに頭を傾げていた夕焼け
そんなこと思いながら食事を摂れば
見たこともない所へ辿《たど》り着くはず

感覚を弄《もてあそ》ぶ事に罪悪感は要らない
けりのつかないものには　これぐらいがいい
何も分かってないのに頷《うなず》くあんたが憎らしい

苦しむぼくの服を脱がさないでくれ
研ぎ澄まされた精神を
低俗なものでばらしていくあんた

この髪が地下に根を生やすほど
こんなにここにいるのに
まだ足りないくらい分からない
ぼくは世界の構造が分からない
心の仕組みが関数で表せない
あんたはぼくの何も分かっていない

「焦がれる瞳」

ぼくはその頬の色に
命が息衝《いきづ》いているのを感じた
相槌《あいづち》はほどほどに
相手を見つめる目が大切
きみに教えてもらった
些細《ささい》なことから
簡単には得られない人生の転機
先生もきみもどれだけぼくに
時間を削ってくれたかな

進む度に生まれる一抹の不安も
子供のように報告し
心の安定をきみに任せている
皆は無意識に時計を見ているのに
最後まで集中していたきみを
ぼくもまた無意識に見ている

「傷疼《うず》く西日」

昼過ぎのまな板で爪を切った
うろ覚えの薬箱の場所を探し当て
バンドエイドを巻き付けた
切られた野菜が料理の続きを促したけど
気が滅入ってやめにした
今日の昼は冴えないファースト・フード

ギターが弾けないと気付くと
なおさらに弾きたくなって
傷口を無理に押し付け　呻いた
強がるなよ臆病者

西日は放課後の色
委員会の帰りに同級生と
生意気に小説を書いたことがある
楽しいことも甘く切なくなってしまう
そんな西日がフローリングを焼いている

カーテンを閉めると
切れた指先も忘れるくらい眠たくなった
今日はどうしてこんなに
虚しいんだろう

「深呼吸のせいにして」

ひとかけらのパンを持って
近くの公園に行きましょう
風が涼しく吹いているでしょ
見慣れたベンチの落書きに
わたしの字もあるんだよ
あなたに会う前にもわたしは恋してた
当たり前でしょ

ずっと雨降りなんてそんなことはないわ
汚いことは目を閉じて終わらせましょう

引きずっていいのよ
無理して忘れるなんて辛いだけよ
わたしが来たのよ
あなたが待ち望んだものよ
嫌なことは夢に閉じ込めて

急がなくていいわ
今はわたしを抱けなくても
あなたが死ぬまで待っててあげるから

「ノーベル賞とった野口くんの話」

紙切れに並べられた元素記号
苦学生は大変さ
公園一周するまでに三個ずつ
頭に入れていこう
公園を散歩する野口くんの有名な話
今はもう関係がないけれど
あの頃憧れてた野口くん
本当になりたかった

問題用紙の束が黄色くなった間に
ぼくはずいぶんと老けちゃったよ
ぼくは野口くんになりたかった
お金に困ったわけじゃないのに
次々と嫌なことばかりで
野口くんのこと諦めてしまったんだ
そして忘れるようにしたんだ

公園一周するまでに三個ずつ
思い出すたびに苦しいよ　野口くん
袋から飛び出した破れた夢
叶わなかった想いは今となっては
生きる足かせでしかない

「場所」

動揺したことを汗ばんだ手が語る
時間の地軸に新鮮な心を掛け合わせれば
今までにない空間が広がるはずだった
でも愛憎は決して朽ちない
どこまでも蔓延《はびこ》って
諍《いさか》いは続いている
今、電話線を伝い
畏《おそ》れていた声が首に手を廻した
そしてぼくは憎しみの色を
自身の体で感じどうするのだろう
逆上する染色がどろどろとしたものに変わって
身体中を巡っている

いつまで許さないのか
死ぬまで許さないのか
ここで見捨ててしまうのか
皆をいないものとするのか
手にした答えも救いようがないものだった
自問自答に馴れていることが
ただただ悲しい
それでも循環していく状況
何が吹き抜けたのか
この汚れた手は気付かない
ここでもぼくは人を憎むなら
せめて笑っていたいと思う

「哀しい自立」

湿度が高いことに
じっとりとした布団で気付いた
頭の中に居座ったままの感情は
反芻《はんすう》しても反芻しても変わらない
敷居を跨《また》げないことも変わってはくれない
選びとったことに後悔がないのは
楽でもあるが余計に哀しいことだ

春の雨は気まぐれに地面を濡らす
ぼくは傘で身体を守ってきた
でも水滴の跡もわからないくらい
濡れてしまった今　それさえ必要なかった
自由が宿ることと引き換えに
ぼくは何を失ったのだろう
答えを聞きたくないぼくがいる…

「たまには素直に」

ぼくは本当の恋なんて
知らないのかもしれない
本当の恋の意味も摑《つか》めないまま
通りすぎる雑踏の男女から目を逸らした
このはっきりしない想いが育ってきた
ぼくの人生は　タイミングと要領が悪いまま
ただ流れてしまった時間の蓄積

うまく過ごせなかった彼女との時間は
失敗とか成功で語るものじゃないし
うじうじ振りかえってると
遠い日の友人にまた突っ込まれる

くじけない逞《たくま》しい子になりなさいって
母さんは小さい頃よく言ってたけど
いつまでもガキのまんま
エプロンで涙拭かないでよ

いろんないいこと教えてくれる人たちに
影響されて
今のぼくは
クロール二十五メートル三十秒
もう少し速くなって
あの娘《こ》に声を掛けたいな

「着火材がいるだろ？」

これはどうだい　向いてるよ
切り取った言葉を握り潰《つぶ》したきみ
きみに当たった光は屈折して
意味のない所を照らしている
きみは昔からそうなのかい
無言のまま取り付く島もなくて

気になって気になって仕方がない
黒ずんだきみの横顔を見る度
笑う街角の痩《や》せこけた猫を思い出す

賑やかな群衆のなか
なぜきみはいつも端っこなのか
写真の中央にその顔を写し撮りたい

自己アピールを唱えるポスターが
街に溢れる当たり前の展開　二千年
何もかも鵜呑《うの》みにしたくはないけど
きみはもっと輝くから知って欲しい
ぼくは燃えるような話を続けるよ
きみの火種《ひだね》になる為に

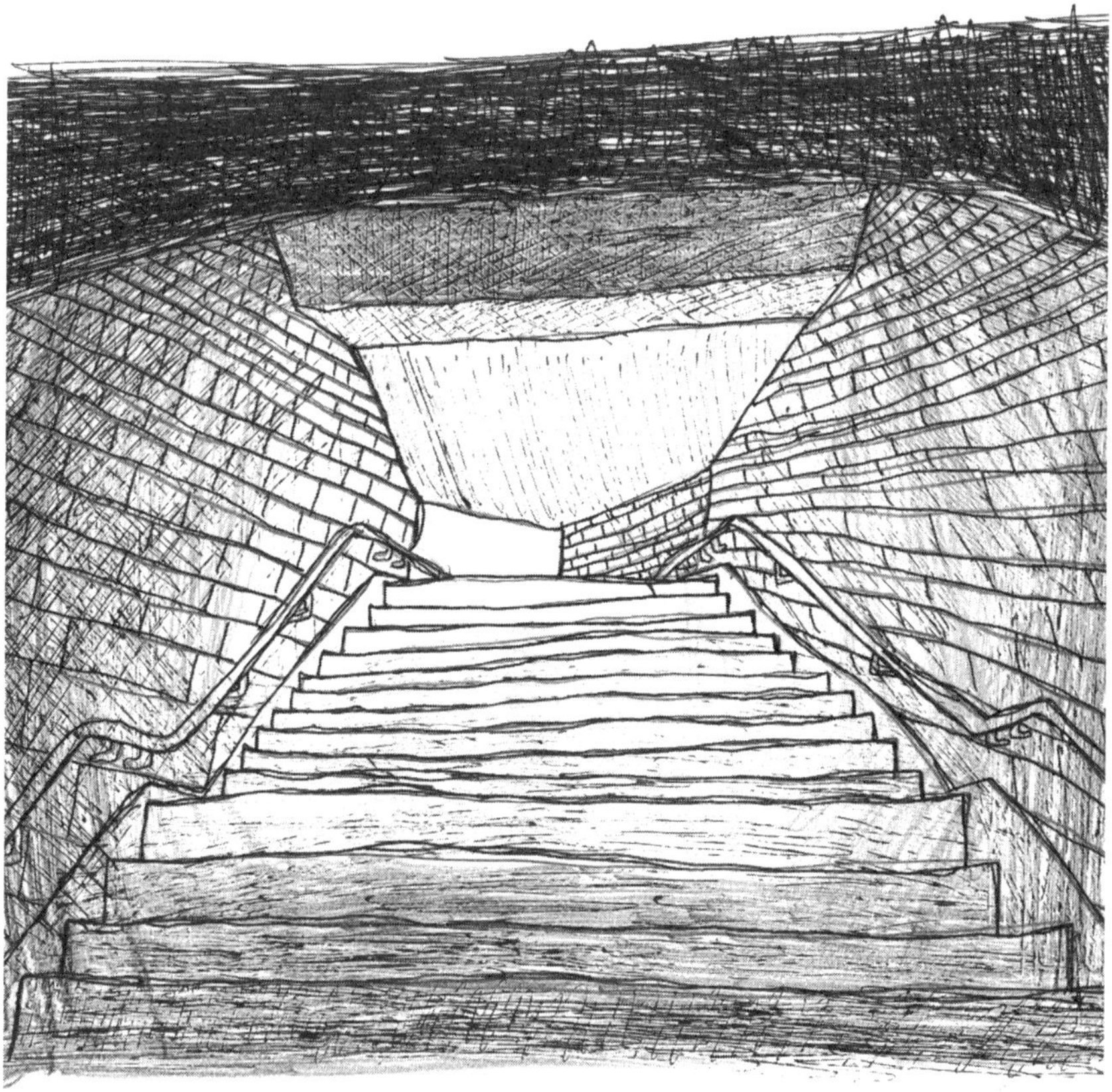

「ナルシストになる前に」

空から傘を叩く混雑した交差点は
独特の臭いが鼻をつく
服が水を吸って
身体の線が露《あらわ》になった女が
横で　はあはあと
息を　吸っては吐き　吸っては吐き
何を急いでいるのか
少し彼女に興味が湧いて
信号が変わるまで見ていた
形の良い眉だった
コメンテーターのような気分で
こんなとき何と言おうか考えた

しかし次の瞬間ぼくの靴はガムに頬擦《ほおず》りした
皆が歩き出すなか　彼女も走り出すなか
ぼくは犬の糞かと慌《あわ》ててしまい
しゃがむと同時に今度は車の弾いた水を浴びた
駅のトイレで　とりあえず泥を拭《ぬぐ》って鏡を見た
情けない男がコメントを探していた
笑うしかなかった

「回り続けるぼくの頭痛い痛い痛い」

ぼくは喋り続けた
ぼくは一人だった
一人で喋り続けた
相手がいないからそうなった
自然じゃなくてもぼくはやってる
何が悪い？
今日も本当に意味のない疑問さ　溜め息さ
ぼくしかしないから変なのか
ぼくは変なのか
沢山いれば普通か

そりゃ　殺人者はそうはいない
だとしたら　ぼくを変人と呼ぶきみ
きみは普通か　そうか
きみは普通だ　普通の奴だ
個性がないような響きを持ってきた
普通のレッテル
以前にも増してリアルな変人
ぼくは変だ
わかるから苦しいんだ
服のように着替えられない
何が可笑《おか》しい？
何が可笑しいんだ　貴様！

「台風」

思い込んで　激しく思い込んで
一人になった
一人になった理由も思い込んで
激しく思い込んで生きている
家を出たら階段上がって梯子《はしご》探した
マンションから飛び降りるんだ
目を閉じても親も恋人もいない真っ暗闇
今　この人生を飛び降りようとしてるぼくを
引っ張りあげてくれるのはぼくぐらい
頼れるのは自分だけ
なーんだ　突っ張って生きてたあの頃と一緒か…

植木がコンクリートに囲まれて窮屈にしてる
血が飛び散る範囲を想像した
ぼくの思考が飛び散った

ぼくはそんなに駄目なのかい
ぼくはあなたが言うまで気付かなかった
もうその時点でアウトなんだろう
はっきりと言って欲しい
あなたはそれができるんだから
さぁ目を閉じて　邪魔者すら作れない屑《くず》さ
いっそ頭から潰《つぶ》れよう　心は既に死んでいるのだから

「冷めたシルバーリング」

男は飽きることなくその髪に手を通した
女のこころの繊維を解きほぐす
意地の悪い煙草屋が潰《つぶ》れた後に
憧れたマイホームを建てる
きっと繰り返すのだろう
男はそれから三人の女と家を建てた
慣れるほどに恋愛は気難しいものになって
今更ぼくは一人っきりでいることを望んだり
妙なタイミングは知らないほうがいい
きみを喜ばす腰つきになっても仕方ない
突然の雨にも傘を持っているような
用心深い性格に嫌気がさす
行き当たりばったりを期待してるのに
今日も不完全燃焼　興奮できなくて

「今日の細胞」

風呂の垢《あか》は死んだ細胞のなれの果て
この体が全く違う細胞へ移り変わるには
どれだけの日数が必要で心はその間どうなってゆく?
昨日のぼくは老化して血液に流されていく
何を見たのか　何を聞いたのか　何を言ったのか
昨日のきみの状態を伝聞しないで消えていった
毛細血管が潰れるように持て余した衝動がなくなれば
今日の細胞が覚醒《かくせい》する
今日の細胞は困惑しながらも
今日のきみを抱く

「嘘の先にあるもの」

ぼくは人数確認のときだけいればいい
そんな存在が嫌だったんだ
そして嘘の蜜に溺れた
その誘惑に負け　いつまでも沈んでいる

大きな印象を与えるためには…？
目立つためには…？
頭の悪いぼくは嘘をついて
頂上へ登ろうとした
これでも必死に考えたんだ
ああそうさ
誰かを下敷きにすることも

やがて慣れっこになっていたよ
もう冗談は冗談じゃなかった
でもみんな見抜いてたんだね
笑ってた癖に今頃教えるなんて
きみも十分嘘つきだ

ぼくは嘘の蜜を食べていく
そしてどんどん肥えていく
やがて喉がやられ呼吸を奪われるだろう
嘘は甘く甘くぼくを殺す

「蒸れる角部屋」

強張《こわば》った体を溶かすように吐息を入れる
何も感じないのか目は開くことなく
灰色の朝は呼びもしないのに
ぼくの不健全な精神は
疲れた顔にしっくりと合ってしまった

ぼくの邪魔をする彼や彼女を
崖から突き落とそうとして　わんわん泣いた
ぼくを見てか雲は雨を抱えて遠慮した

そっと愛すれば良かった
薄っぺらで良かった
大股でかき混ぜてきたこの部屋は
耳を当てればマボロシが聞こえてくる
そのまま膝を立てて
聞き入ってしまった自分を
今は責められなかった

「マイ・シック」

放っておいたバッグに埃《ほこり》が積もり
黴《かび》が生え変色した
外で吹きっさらしだったからね　ごめんよ
いつもなら喜んでいるはずなのに
口元は緩《ゆる》まず呆然としてしまうんだ
きっとこんなときに
きみとの関係を考えることは
間違いなのだろう
それでもぼくのコンディションを横目に
きみは走り去ってしまった

ぼくが病んでいることは
ほとんどの人は知らない
ぼくが隠すから　恐いから
悔しいけどタイミングのせいにして
次の出会いを探し求める　虚しさ
弱々しいぼくの影を
肌を重ねた人は一生懸命理解しようとは
してくれるけど…
嫌だけど否定したいけど
ぼくは紛れもなく病人なんだ
傷つけた夜を
許してくれ　許してくれ　許してくれ

「汚い詩」

感情の起伏にまかせて
生き抜いたこの歴史よ
現実に飛び火したあんたは
ぼくの胸倉《むなぐら》を突き破った
赤い流血は憎々しい関係を
映し始めていた
汚い汚い膿《うみ》を絞ってしまおう

指を一本一本折られても
ぼくの聖地は守り通された

妄想《もうそう》では終わらせない確信
自分の信じてきたものを信じるのだ
間違いは間違いのままでも
あんたはやり方を間違った
すぐには戻らなくても
あんたを萎縮させるほど
素晴らしい姿で戻ってくる
ぼくは必ず戻ってくる

「覚悟」

ぼくの闘いはぼくの中に押し留められない
親愛なるきみにぼくが影を落とす
きみがこれ以上変われば
ぼくは親父さんに何と言えばいい
冒険の素晴らしさは幾つもの代償の上
成り立っている
きみと話すたびにきみは決意を固め
ボートを作っていく
きみには失ってはいけないものが
沢山あって
それを奪うことは許されない

空に雲を描き美しさを問い月日が経つ
それだけだった　それだけでよかった
いつからか自然は疑問を投げ掛けてきた
本意じゃなければ楽しいだけではすまない
ずっと横にいたきみだからわかっているはず
ぼくはきみを置いていくよ

「つくったもの」

ぼくも間近でみれば疲れた皺《しわ》がある
騒いだ後の帰り道
酔いが醒めれば空が妙に近くなる
足下も見えずに歩いていく
ゆらゆらと身体を揺すり
どこからかやってきた闇の胞子を
吸いながら電灯を目で追う
語れば語るほど遠くなる夢
過去の栄光も重りとなってしまった
でもぼくの意志は涙に押し流されない

どんなに拍手をもらっても
今宵の月のように欠けている
そして一寸の違いなく
今のぼくを映している

「古いビデオテープ」

ああ救われないね
出会うたびにいつしか切り捨てた
顔、顔、顔
もう覚えてもなかったんだ
どれも綺麗に終われなかった
体裁だけが繕《つくろ》われ
後は片付かない廃屋が
心の穴として染み入る風を
避けることもできない

その指は誰を指し
その声は誰のもので
この時間は何だったんだ
再生されている笑い声は
嘘ではなかったのだから
それだけ確認したら
捨ててしまおう

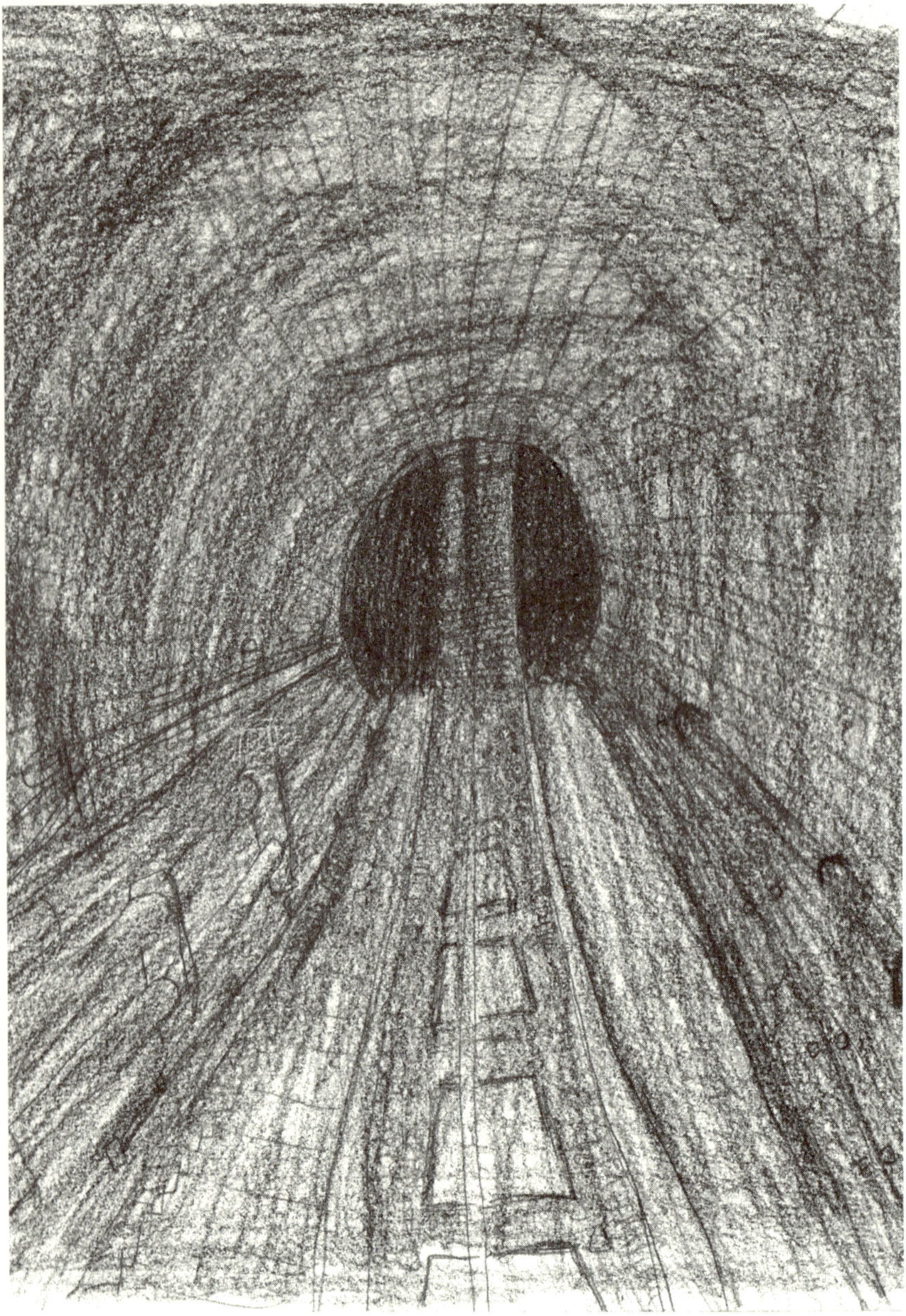

「夜は明けるのか」

止まった時間の中でも未来に背は向けられない
今も過去も厳しくぼくを見張っている
そんなとき彼らはぼくの前で踊ってくれた
ぼくも知らない酒を口に含み踊ってみた
見えない壁をアルコールで壊したようだった
どんな華々しい舞台にも裏があった
しかし彼らの話には見当たらなかった
ぼくは急に寂しくなって一人　闇を踏んだ

気付くと罵声があった
ぼくは彼らの異変と苦しみの存在を知らされた

夢は叶えられても叶えられなくても人を惑わす
誰もがもう離れられない
ぼくは気付けば手錠を作っていた
そして一人駅の構内でペンを走らせる
電車の振動で心も揺れた
でもぼくは変わらない
一夜の経験は十分刺激的で
なかなか寝付けそうにないみたいだ

「テンポ」

行き場所を失えば
ぼくはコンビニでだって寝るだろう
自分を繕って良く見せることは
疾《と》うに飽きてしまった
大人への成長を踏み外しても
それなりにどうにかやっている
ぼくを憎む人は沢山いる
ポリシーを通すたび
人を裏切ってきた
裏切られる痛みを知っていても
ぼくは振り返るどころか
歩みを速めてきた

美容師にまで「変わっている」と言われ
それを承知で
したい放題にしていることに気付いた
もう何度約束を破っただろう
もう何度約束を破られただろう
加害者と被害者を繰り返し
人は人らしくなってゆく

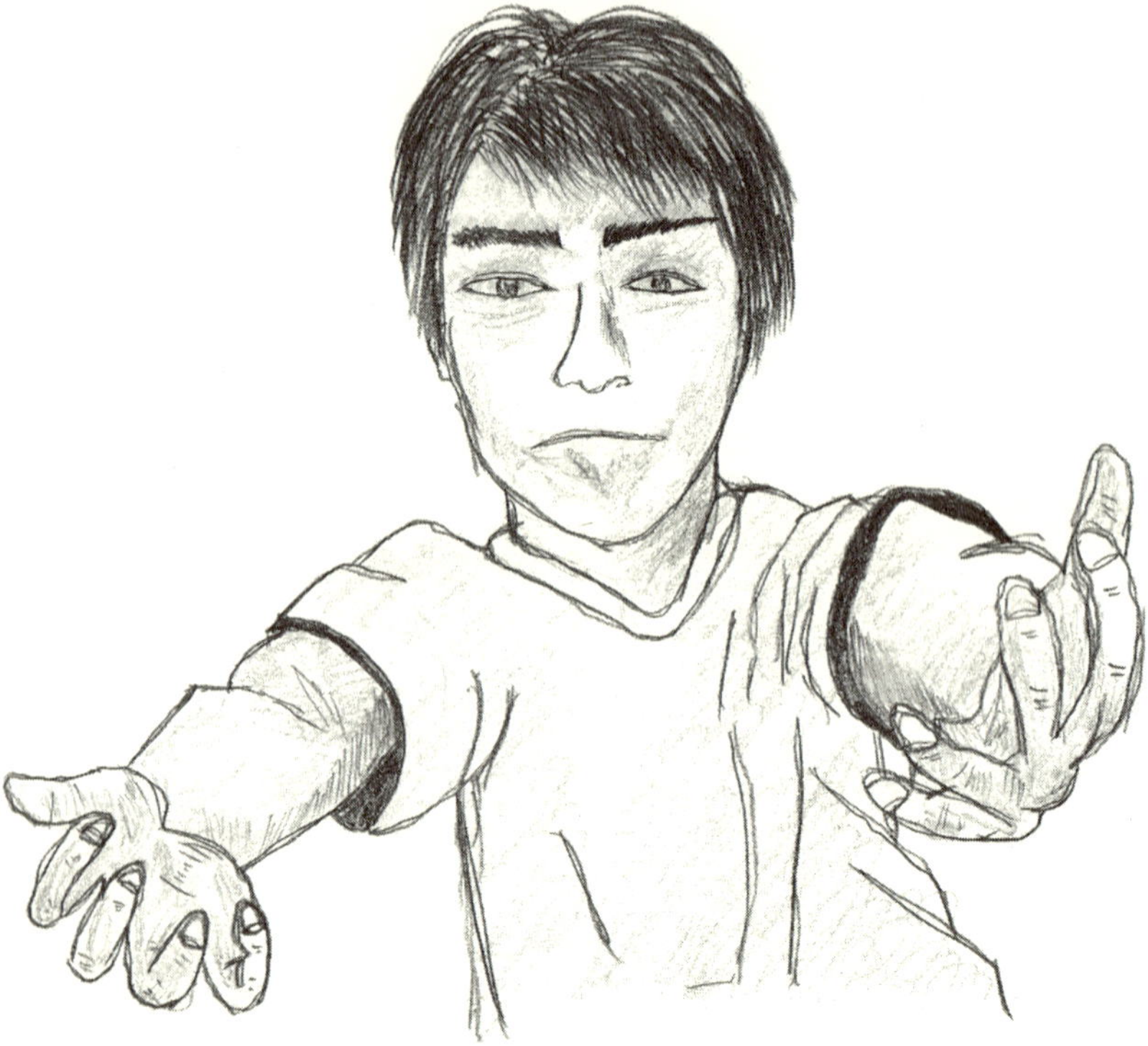

「アン・百パー」

初々しく初々しく初春が香る
水槽を破って外へ流れ出ても
息もできず死にゆくぼくら
安全は続けば続くほど
心を危険に陥れた
家来に裏切られた王様のように
斬られたきみは可哀相だった

どきどきする気持ちが偽物でも
今を楽にしたい

ステップを極めたきみは
ダンス教室の花形
帰りに引ったくりで金盗られたね
それなら陸上に変われば?
完璧なものに頼るだけでは
裏切られたときに全て落としてしまうよ

感情を表に出そう
手当たり次第に傷付けよう
ぼくらは互いの血が
どちらのものか分からなくなって
初めて感じ合う
そんな生き物

「閉じられた窓と開かれた窓」

痛い別れもなんのその
きっと出会うべきならもう一度

無垢に育つ者が畏《おそ》れているもの
薄情な自分なんて想像したくなかった
ナイフを刺しこみながら悶《もだ》えた
血を舐《な》める野性の本能が
ぼくを後ろから襲ったんだ
本当はどちらが自分なのか分かっている
綺麗な皮の下に黒い肉体を持っていること
それでもきみには知って欲しい
新しいものとして生まれ変わる歳月を

さっぱりとしたぼくは散歩している
ベンチで本を読んでいる
隠せはしない悲しみも
今はどこかへ散ってしまった
穏やかに文字を追っているだけで
笑顔は皮肉な程明るく
遠い風を受けて過ごしている

「卑しいけどワンダフル」

彼女が去ってとうとう半年
長い長い人生の切れ端　残さず食べてきた
柔らかなきみの刺激に体が反応して
もう半月は経つ
ぼくは予想以上にさっぱりと
今の生活を楽しんでいる
確実に心が離れたんだと
きみを触りながら天井の端に目を向ける
ぼくは自分の薄情さを否定したくて
彼女を思い出し
そしてまたぼくを思い出しもしないだろう彼女に
少し唇を噛《か》んでしまう
これがぼくの少し恥ずかしいところだ
ぼくはきみの髪に手を通すことが好きだ
ぼくが傷付けぼくを傷付けた人たちに
今のぼくときみを少し見せたくなったりもする
これは正にぼくの恥ずかしいところだ

卑しいけどワンダフル
卑しいけどワンダフル

#「モーニング・ポエト」

朝がどんなにか明るかったのでしょう
生物だけじゃない
鉄や水まで息吹を覚えてる
海が腐らないのは絶え間なく流れているせい
それならぼくらは濁らない目で
死ぬまで輝けるかも
きっとそうなる　ぼくにはわかる

ぼくはここ数年夜明けを見ることが
多くなった
徹夜明けの口の渇きを水で潤し
固まった体をベランダで冷やすことは
きみは知らない秘密の快感
文字遊びをきみの寝顔でプレイしてたから
寝ていたきみとの間に不思議なギャップ
始発の電車は太陽と追いかけっこ
ずっとこうしているのも悪くないかも…
朝の日は意外にじりじりと
ぼくの腕を焦がすけど
高いテンションの後には
大きな疲労感が待っているけど

「大きな大きな終日」

焼けたオーブンに生地《きじ》を入れたら
キャラメル色の匂いが立ち込める
柔らかく　そして温かい
日が落ちる頃には
心もゆっくり焼き上がり
後は夜を迎えるだけ
九九を覚えたての子供と
シリトリしてたきみも
ベンチに手を振る時間
梟《ふくろう》は首を回し続ける
小動物の寝息を探っている
くぐもった声で話すきみの声

今日もよく聞き取れなかった

ゆっくりと愛撫していると
きみは寝息を立て始めた
ぼくはそっと立ちあがり
カーテンに手を掛けた
きっと神様はいるだろう
この平和は乱されない
開け放たれた窓から見える
街灯には黄色の鱗粉《りんぷん》が舞っていた

「櫟《くぬぎ》の欠伸《あくび》」

過去にすがりすがられ
雪崩《なだ》れ込んだ生活も
やめにしたい　やめにしなければ
輝きの為の逃亡だったのに萎《しな》びている自分
泣いている店員に客は動揺した
濡れたレシートはするりと指をかわした
笑ってくれよ　こんな話

きみを抱けなくなった夜の
せめてもの添い寝で
きみは走って帰って行った
今はわかるよ　残酷なことをした

もしも　もしも　きみらが微笑んでくれても
ここにある重い電話番号
粘つく体内で溶かしてしまおう
ぼくはきみらを食べ尽くしたモンスター
明日の光を避けて　棺の中のモンスター

「働くぼくの魂に」

お互いを崩しながら飲み明かしてばかり
学生やめたぼくと親の契約
渡り鳥は春に戻る　なーんて
ぼくは握手がうまくなったのさ
社会に適合できない仲間同士は
集《つど》えど更に歪むばかりね
宴が盛り上がる度
白熱灯は皆の頬に
たくさんたくさんキスしてる

愛しい父が半分以上支えている床に
寝転んでいることは

わかっているよ　わかっているさ
感じてる　愛してる

――感謝と謝罪はあからさまに――

気心知れてきた仲間のげっぷに
しかめっ面することも
きみのおかげで熟睡できた
八時十五分の目ん玉にも
何か一つ子供に教えることができるなら
そして働くぼくの魂に

火ノ種

2001年2月15日　初版第1刷発行

著　者　こが 椚《くぬぎ》
発行者　瓜谷 綱延
発行所　株式会社 文芸社
〒112-0004　東京都文京区後楽2-23-12
電話 03-3814-1177（代表）
03-3814-2455（営業）
振替 00190-8-728265
印刷所　東銀座印刷出版株式会社

ISBN4-8355-1476-9 C0092